DISCOVRS
SVR LE LIVRE
DE BALZAC,
Intitulé le Prince.

Et sur deux Lettres suiuantes.
En Decembre 1631.

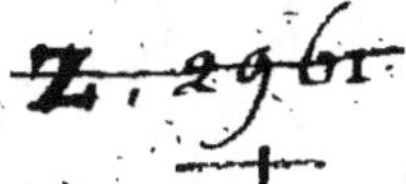

DISCOVRS

SVR LE LIVRE
DE BALZAC,
Intitulé le Prince.

Et sur deux Lettres suiuantes.

I'AVOIS cy-deuant ouy dire (car ie ne suis point autrement meslé dans les discours ny dans les affaires du monde) que les escrits de Balzac auoient produit vne grande diuersité de iugements, les vns l'ont admiré comme le plus excellent Autheur de nostre siecle, les autres l'ont traitté comme indigne d'auoir nom entre les Escriuains supportables. Cela ne m'auoit pas toutesfois donné la Curiosité de regarder ses liures, non plus que ceux que chacun attribuë au defunct P. Goulu, Chef de ses aduersaires. Entre ceste contrarieté d'auis, ie tenois le mien en suspens; & sans estimer cét homme tant excellent, ie ne le tenois pas aussi pour mauuais autheur ny mesprisable. Ayant en fin appris sur la fin du mois passé, qu'il auoit mis au iour vn

œuure medité depuis longues annees, & dauanture en ayant trouué le liure chez vn de mes
amis; le visage du Roy graué sur la premiere
page m'obligea de le lire, & de resoudre en suit-
te ce que ie deuois iuger d'vn Escriuain si contredit. En ceste lecture ie sentis ensemble du
plaisir & des espines, & n'eus pas difficulté de
me porter à croire, que ceux qui estiment Balzac n'ont pas entierement tort, & aussi que
ceux qui le blasment ne sont pas sans raison. Il
ne sçauroit pas mal escrire, s'il sçauoit bien iuger; & si l'Eloquence estoit toute confuse auec
l'Elocution, Balzac y pourroit pretendre vne
place assez honorable. Il a grande election de
paroles, qu'il ioint proprement ensemble par vn
stile doucement coulant & figuré; Il a beaucoup de rencontres, qui ne tomberoient pas aisément dans tout autre esprit : & voila proprement le talent & la perfection de Balzac : hors
de ceste belle partie de l'Eloquence, s'il trouue
quelque autre chose à propos, il en merite vne
autre recognoissance, que le nom d'Orateur.
Pour les veritables louänges de sa Majesté,
pour beaucoup d'instructions Chrestiennes, &
Morales, on le peut estimer François, Chrestien
& Philosophe. Il separe le seruice de Dieu de la
superstition, il condamne la nouuelle Theologie & ses Autheurs, ouuriers d'Equiuoques, de
liures seditieux, & de couteaux de Parricides, il
deteste la desloyauté & le manquement de foy,
il hayt les fourbes, il loüe la chasteté, la probité,
la moderation, & les autres vertus autant re-
commandables en sa Majesté, qu'elles se trou-

Page du Li-
vre de Bal-
zac 250.

ñent rarement auec vne fouueraine puiſſance:
on doit à tous ces diſcours vne particuliere
loüange, autre que celle d'vn excellent Orateur. Ce ſont bonnes pieces, mais hors d'œuure. Car comme en l'Architecture on a pre-
mierement égard à la commodité, puis à l'ornement : on rejette les embelliſſements, qui char-
gent l'œuure & le rendent incommode : puis
dans l'ornement meſme on tire la principa-
le beauté de la proportion, & l'on ne fera point
le portail plus ſpacieux, ou les galeries plus
grandes, que tout le baſtiment d'vn Temple:
Auſſi ne peut-on pas recognoiſtre pour vn ouurage legitime de l'Eloquence, vn diſcours
plus remply de ſes digreſſions, que de ſon propre ſuiet, vn recueil de beaux lieux communs
& de matieres vniuerſelles, qui ſe peuuent aiſément tirer à tout autre propos. A la verité les
Poëtes ont touſiours eu le priuilege de faire des
ſaillies de leurs diſcours plus libres, ils entrent
quelquesfois plus lentemẽt, s'arreſtent plus lõg
temps à la ſortie, parmy les loüanges des hommes, ils meſlenr celles des Heros & des Dieux,
ils ſeioüent de leur ſuiet, & pourueu qu'ils di-
ſent choſes plaiſantes, & qui ayent quelque
rapport entr'elles, ils ne s'eſloignent ny de leur
deſſein, ny de leur Art. L'Eloquence d'vn Orateur qui ſe propoſe de perſuader les eſprits, non
de les amuſer, eſt beaucoup plus ſerieuſe &
plus retenuë: & bien qu'elle n'ignore pas, que
le diſcours pour gagner plus facilement creance, doit eſtre aſſaiſonné de plaiſir, elle ſçait auſſi

que le iugement du Lecteur est dédaigneux &
superbe, qui s'ennuie mesmes des douceurs,
qui demande raison de ce qu'on luy a presenté
qui desire sçauoir pourquoy & comment on le
traitte. Si l'Eloquence force, si elle emporte
d'assaut & se rend maistresse de l'ame, ce n'est
pas sans presser, ny en ioüant & diuertissant a
toute heure ses forces. Que si tousiours elle n'a-
git pas auec pareille violence, si elle n'attaque
pas continuellement, au moins ne s'esloigne
t'elle point, & comme en vn siege bien re-
glé, elle ne quitte point ses fortifications &
ses tranchees.

Ie me sens auancé, presque sans m'en estre
apperceu, en la Censure du liure de Balzac. I
l'entreprendray donc, non pour haine aucune
d'vn homme, que ie n'ay point cogneu, sino
en ce dernier escrit : ny pour empescher seulement, que la ieunesse soit abusée par vn faux
patron d'Eloquence : mais principalemen
pour ne laisser passer sans contradiction & san
reproche, à la honte de nostre siecle, plusieur
mauuais traits & discours, que Balzac, peu
estre sans y penser assez expressement, a mi
contre l'honneur de Dieu & du Roy, & contr
le bien de l'Estat. Ie ne delaisseray pas toutes
fois le soin de l'Eloquence : mais comme il es
plus raisonnable d'euiter la corruption des opi-
nions & des mœurs, que celle du langage, i
m'arresteray plus à ce qui choque la verité
qu'aux vices du bien dire.

III. Auec ce dessein ie ne dois pas craindre, qu

l'artifice de Balzac luy reüffiffe, qui a penfé attacher le crime de leze Majefté à ceux qui n'adoreroient pas fon ouurage. Il a creu pouuoir mettre fes defauts à couuert fous le manteau du Roy; comme fi nous deuions à fes efcrits la mefme reuerence, que nous portons & deuons à fa Majefté, comme s'il n'y auoit pas moyen de remarquer les fautes d'vn mauuais Orateur, fans offenfer le meilleur Prince de l'Vniuers. C'eft peut-eftre vn tefmoignage de fa confcience, qui reffent fa foibleffe, & veut defendre par les armes du Roy, ce qui ne fe peut fouftenir de foy-mefme. Mais c'eft abufer de fon Maiftre, d'en vouloir faire fon bouclier, & de penfer l'engager à la defenfe d'vne mauuaife caufe, comme à vne guerre iniufte. Les Princes ne defendent pas toufiours aux mauuais Poëtes & Orateurs d'efcrire leurs loüanges, ils ne leur donnent pas toufiours de l'argent pour fe taire, ils fouffrent quelquesfois des volontez indifcretes d'Autheurs impertinens: mais ils ne s'intereffent pas à les fouftenir, comme s'ils eftoient eux mefmes moins loüables pour auoir efté mal loüez. Ils fçauent, que comme, leur gloire eft efclaircie par vne bonne plume, elle n'eft pas diminuée par vne mauuaife: ou bien fi elle en reçoit quelque diminution, on doit faire eftat de ceux qui reprennent la temerité, & qui monftrent les defauts d'vn mauuais Efcriuain. Au moins n'offenfent-ils point le Prince, non plus que celuy, qui remonftreroit à vn mauuais Peintre les fautes, qu'il auroit commifes en l'image du Roy.

I I Apres ceſte precaution, neceſſaire pour cou-
per chemin à toute calomnie, ie diray libre-
ment ce que ie croy qui eſt, qu'en matiere
d'Eloquence, on auroit de la peine à trouuer
vn liure plus defectueux, que celuy de Balzac.
Son titre eſt ambigu, ſon commencement im-
pertinent ; le Corps du liure extrauagant, &
la fin conclud ce que l'on n'attendoit point. Le
titre qui doit expliquer le deſſein, nous promet,
au moins en ſa premiere & plus facile intelligence, l'Inſtitution d'vn Prince, la propoſition nous
fait eſperer les loüanges du Roy : des quatre
parties du liure, les trois entieres parlent de toute autre choſe: & la Concluſion porte à la guerre d'Italie contre le Roy d'Eſpagne. Si cela
ſe peut appeller Eloquence Oratoire, Balzac
eſt veritablement le plus admirable & pro-
digieux Orateur, que le monde ait iamais
porté.

L'impertinence de ſon commencement eſt
auſſi viſible que la lumiere du Soleil, qu'il y
deſcrit. Ce grand diſcours iuſques au conte de
ſon Eſclaue Flamand, eſt auſſi propre à tout ſuiet, qu'au deſſein de Balzac. On ne ſe peut ima-
giner aucun propos, où la deſcription d'vne
Maiſon, de l'Automne, de l'Hyuer, du Soleil,
des prairies, des bois & riuieres, & des ſerieu-
ſes occupations de l'Autheur, ne s'accommode
auſſi iuſtement, qu'à ce ſuiet. Ceux qui li-
ront Platon, Ciceron, & autres Eſcriuains de
Dialogues, que noſtre Autheur accuſe, &
pour parler ſelon ſon ſentiment, du vice, c'eſt
à dire de l'imitation deſquels il ſe penſe deffen-
dre,

trouueront bien de la difference entre les
...cellaires & iudicieux ajustemens des person-
...nes, qui ces excellens Autheurs doiuent intro-
...duire parler, & ces promenades, que faict
...que en ses discours mols & inutiles de son
...quiete champestre. Car outre l'impertinence, l'on y void encore l'imperfection d'vn homme delicat, qui pense n'auoir vescu qu'autant
de temps qu'il a senty le plaisir, & qui se baigne
dans la representation de ses faineantises, sans
se soucier du iugement des hommes, qui sont
tous naturellement offensez par vn vain amateur de soy-mesme.

Il entre dans son conte par vne imagination
digne seulement de son esprit. Car quel autre
pretendant à la gloire d'Orateur, quel autre
homme, qui n'auroit pour toute Eloquence,
que le seul dessein de se rendre croyable, se seroit aduisé d'vne si belle & si poëtique feinte?
Que si Balzac nous veut debiter sa rencontre
du Gentil-homme Flamand pour vne verité,
& qui nous oblige par mesme moyen, à croire
qu'il prist cest esclaue à la premiere veuë, pour
vn Dieu de la Charante, ie ne puis com-
prendre quelle est sa Rhetorique, & de quel
artifice il vse pour se donner creance, quand il
se veut faire passer pour vn resueur si profond
& si melancholique.

Si d'autre costé pour l'honneur de Balzac,
il vaut mieux prendre le tout pour vne fable:
nous luy dirons encor, que c'est vn mauuais
artifice pour se faire, croire, que de paroistre
menteur en commençant à parler : qu'il a tort

B

de commencer par vne piece de Roman & de
Theatre les iuſtes & veritables loüanges de ſa
Majeſté. Puis on luy pourra remonſtrer la ru-
deſſe de ſon inuention: il paſſe la mer, il entre
dedans la Barbarie, il penètre en la priſon, &
va trouuer & tourmenter la derniere & plus miſ-
ſerable condition entre les hommes, pour faire
inhumainement tuer vn pauure eſclaue Eſpa-
gnol par la main de ſon compagnon & Chre-
ſtien & François. Qui euſt attendu le recit
d'vne cruelle mort au commencement d'vne
loüange? Ce qui ſembleroit dur, ce qui pourroit faire horreur meſme aux Mahometans, &
aux Barbares, ſont les delices, & les gentilleſ-
ſes de Balzac: il trouue ce commencement propre aux loüanges du Roy, & digne de l'œuure
de la plus longue haleine, qu'il penſe auoir iamais eſté entrepris en eloquence. C'eſt ainſi
qu'il ſe fait recognoiſtre, & prudent Orateur,
& bon François, qui ne peut aſſez toſt mon-
ſtrer ſon deſſein & ſa hayne contre les Eſpa-
gnols. Il donne en l'Iſſuë de ſon honorable
duel vn bon preſage de la guerre qu'il va con-
ſeiller, & monſtre en cét exemple, comme en
vn tableau racourcy, combien il eſt ayſé de ve-
nir à bout de l'Eſpagne.

I. V.   Ce que i'ay auancé des diuerſes extrauagances en tout l'œuure n'a beſoin d'autre preuue,
que de la ſimple veuë du liure. On ne le pourra
lire ſans s'eſtonner, comme il parle tant de diuerſes choſes, & ſi peu de ſon ſujet. Si pour
loüer la pieté du Roy, il eſt permis à l'Orateur
de faire vn grand traitté des diuerſes eſpeces de

demotion ; puis à propos de deuotion, s'esten-
dre au large sur la nouuelle Theologie & sur
l'ancienne. Si au suiet des exercices de sa Majesté il faut faire le discernement des arts, & la
critique de toutes les sciences (on peut dire la
mesme chose des autres digressions) quel discours ne s'accommodera bien à tout propos?
qu'appellera-t'on mal à propos, si telles saillies
ne le sont ? Il ne s'agit pas maintenant de la
bonté de ses lieux communs, ou de leur fausse-
té, s'ils nuisent aux bonnes mœurs, ou s'ils
peuuent aucunement seruir ; tels qu'on les vou-
dra tenir, ils sont hors du suiet : s'ils peuuent
estre bien employez dedans vn autre ouurage,
ils ont mauuaise place en celuy-cy : si ce ne sont
fautes de Philosophe, ou de Chrestien, ce sont
manquemens d'Orateur.

Iusques icy i'ay plus remarqué les defauts
d'artifices : i'en toucheray maintenant quelques vns selon qu'ils se sont presentez en l'or-
dre du liure, qui semblent estre de plus de consequence : ce sont bien fautes de l'art, car iamais
l'Orateur ne se trompe, sans offenser son nom :
aussi peuuent elles estre de la science & de l'o-
pinion de l'autheur. Si i'vse de quelque lon-
gueur, la necessité me seruira d'excuse, ie n'ay
peu reprendre, sans faire voir ma raison.

Ie commenceray par vne remarque, qui con-   v.
cerne la tranquilité de l'Estat : & demanderay à
Balzac, ce qu'il entendoit dire quand il a escrit
de l'Heresie abatuë, que si quelques vns s'y tiennent en paresseux, pour demenager sur le tard,
personne toutesfois ne s'y arrestera pour y mourir. Hue P. 45.

pourra pas accuſer aucun de calomnie, ſi l'on
prend ſes paroles comme vn aduertiſſement aux
pretendus Reformez, qu'en fin on a deſſein de
les forcer en leur creance.   C'eſt la premiere
face, c'eſt la plus claire intelligence de ſon dire,
qu'il n'eſt pas beſoin de rendre plus commune,
pour n'alarmer point vainement, ceux que la
parole inuiolable & les Edicts du Prince tiennent auſſi certains de l'aduenir, que les yeux &
leur ſentiment les aſſeurent des choſes preſen-
tes.   Il n'y a perſonne en France d'vn ny d'au-
re coſté, à qui le reſſouuenir de nos guerres de
Religion ne ſoit horrible, & qui n'admire la
prudence du Roy, qui a ſceu dextrement ruiner
la rebellion, ſans bleſſer la conſcience des re-
belles. Auſſi ne veux-ie pas accuſer Balzac
d'vne ſi preiudiciable penſee : ſon dire a deux
ententes, nous choiſirons la meilleure, bien que
la moins commode & plus obſcure, veu meſmes
qu'il ſe declare ailleurs ennemy de ceux qui
rompent la foy publique, & note le maſſacre de
l'an ſoixante & douze comme l'exemple d'vne
39. deuotion deteſtable. Toutesfois luy-meſme
recognoiſtra, qu'il n'a pas bien parlé, s'il n'a
pas mal penſé, & que s'il n'eſt mauuais François, au moins n'eſt il pas bon Eſcriuain de laiſſer en vne matiere ſi delicate des ambiguitez ſi
dangereuſes.

VI.   S'il traitte les affaires d'Eſtat auec tant de ne-
gligence, il n'apporte pas dauantage de ſoin ny
de religion à ce qui touche l'Egliſe. Parlant
des deuoirs que ſa Maieſté rend ſouuentes fois à
cette mere commune des enfans de Dieu, il vſe

es façons de parler si estranges, & d'imaginations si excessiues, qu'elles ne peuuent aucunement estre prises pour loüanges du Roy, & que
les oreilles des Catholiques en demeurent
offensees. Ie demande, non pas à vn subtil Orateur, mais à tout iugement naturel, quelle sorte
de loüange est celle-cy. *Que le Roy ne se peut* 117.
accuser à la confession, s'il ne se calomnie, parce qu'il a
conserué pure & entiere iusques icy l'innocence qu'il a
receue de son baptesme : que s'il se confesse, ce n'est pas
pour se nettoyer, mais pour se rafraischir : ce n'est pas
pour se guerir, mais pour se confirmer en santé.
Balzac a eu crainte, que l'on prist les confessiós
ordinaires de sa Maiesté, qui sont marques tres-
cuidentes de la grande pieté du Roy, pour vne
accusation de sa vie; & s'estant imaginé vne
obiection qui ne peut tomber en l'esprit d'aucun homme raisonnable, il s'escrime inutile-
ment, & se blesse luy-mesme, & ne sait rien à
son suiet.

Si le Roy se prosterne souuent aux pieds d'vn
Prestre, il donne autant de tesmoignages de sa
modestie: il se recognoist homme, releué qu'il est
par dessus les autres hommes; il rend la gloire
que nous deuons tous à Dieu, seul parfaict, seul
exempt de tout defaut, deuant lequel vn enfant «
d'vn iour est soüillé, & qui a trouué de la malice «
mesme en ses Anges. La perfection des hommes la plus excellente est bien esloignee de ce
degré. Vn homme aura de la foy iusques à re-
muer les montagnes, sera sainct & fauorisé de
Dieu iusques à chasser les Diables, qu'il sera
tous les iours molesté de mille defauts. Estoi-

gnez tant qu'il vous plaira l'homme le plus parfaict des occasions de faillir, vous ne luy oste-
rez pas ses membres, ses affections, & passions,
qui luy font continuellement cognoistre comme
il est imparfaict. On a dit autresfois des Stoï-
ques, qu'en exterminant les passions de leur
sage, ils le despoüilloient du nom & de la condition d'homme. La religion nous fait encor
mieux cognoistre nos imperfections & nostre
foiblesse que la Philosophie ; aussi nous en a
t'elle rapporté les remedes que nous ne pou-
uions esperer de la raison. Si le Roy, la vertu
duquel le met autant hors de la censure des
hommes, comme sa condition l'exempte de
leur estre redeuable, se recognoist deuoir quelque chose à la iustice de Dieu, on ne l'en peut
blasmer non plus que d'estre homme ; s'il cher-
che les moyens accoustumez en l'Eglise, pour
demander à Dieu le pardon de ses defauts humains, on ne peut l'en reprendre plus raisonna-
blement, que d'estre Chrestien. Cela ne dimi-
nuë point l'opinion que tout le monde doit
auoir de la pieté du Roy, au contraire il accroist
& fortifie la croyance vniuerselle, qu'il n'y a
personne plus craignant Dieu, ny plus aymé de
Dieu que sa Maiesté.

Icy ie pourrois demander à Balzac, à quelle
fin la Confession est ordonnee dedans l'Eglise, si
pour vne simple consolation & rafraischisse-
ment, si pour lauement & guerison : mais parce
qu'il affecte plus la gloire d'Orateur que de
Theologien, ie l'aduertiray d'vne assez notable
faute en son mestier. C'est vne grande impru-

dence de vouloir persuader aux autres, ce que chacun sçait que vous ne pouuez sçauoir, & de mettre en auant ce que vous ne pouuez pas prouuer, si on le conteste. Balzac a-t'il esté appellé pour entendre les secrets entretiens de sa Maiesté auec vn Confesseur? si on luy demande caution de ce qu'il aduance, obligera-t'il les Peres Iesuites de publier le depost de la conscience du Roy?

Mais Balzac pourra peut-estre dire en cét endroit, que l'on le calomnie, qu'il a mis exprés en son texte ce mot *le plus souuent*, à fin d'euiter la reproche, qu'il sembloit preuoir en escriuant, & que depuis l'impression, peut estre par l'aduertissement de ses deux Approbateurs, il a mesme corrigé cette parole de *plus souuent*, & qu'à la fin de la table, où tout le monde ne s'aduisera pas de regarder, il s'est estudié d'adoucir ce passage par vn *quelquesfois*, & par cét autre mot plus modeste, *souuent*, qu'il y appose trois diuerses fois. Mais il ne gagne rien : car outre qu'il se trouuera aussi empesché à prouuer son *quelque fois*, & *souuent*, comme *le plus souuent*, ie luy monstre en mesme page & discours, vne contradiction: Comment *celuy qui ne se peut accuser soy-mesme, s'il ne se calomnie, qui a gardé iusques icy l'innocence qu'il a receuë de son Baptesme*, peut-il quelques-fois auoir eu besoin de la Penitence ? car Balzac ne niera pas, comme ie croy, cette visible consequence, que l'on tire de son discours, que celuy qui se confesse, non pas tousiours pour s'accuser de ses fautes, se confeſſe quelquesfois pour s'en accuſer.

Encor luy demanderay-ie auant que de paſſer outre, comme il peut cognoiſtre, ſi l'on aura conſerué l'eſpace de vingt ou de trente ans l'innocence priſe au Bapteſme. Ce que perſonne qui viue ne peut aſſeurer ny ſçauoir de ſoy-meſme, comment vn homme le peut-il dire d'vn autre, ſi Dieu ne le reuele, qui ſeul en a la cognoiſſance? Mais comme Balzac ne veut pas paſſer pour eſprit illuminé, ny pour Prophete; auſſi n'a-il pas beaucoup de raiſon de pretendre à la reputation du meilleur Orateur de tous les ſiecles, puis qu'en vn ſi beau ſubiet, comme ſont les loüanges de ſa Majeſté, il tombe ſi honteuſement en terre, & qu'en vne meſme page, en ſi peu de lignes, il commet tant & de ſi remarquables fautes.

VII. Ie viens de ſuitte au iugement des ſciences, & ſans repeter ce que i'ay remarqué cy-deſſus, que cette longue diſgreſſion vient aſſez mal à propos, ie dis qu'il a mauuaiſe grace d'employer ſon eloquence au meſpris des *Depuis* bonnes lettres. Noſtre aage eſt aſſez pareſ-141. ſeux, & nous voyons tous les iours ceſte *a* ardeur des ſciences, qui s'eſtoit allumée de-157. puis vn ſiecle, s'eſteindre & diminuer parmy nous. Les eſtudes, dit-il, entretiennent la chicane : il me ſemble tout au contraire que les hommes ſtudieux plaident beaucoup moins que les autres. Les lettres empeſchent l'Agriculture, les Sçauants ſont-ils tous ſeuls, qui
ne met-

ne mettent pas la main au labourage, ou les terres des Estudians sont-elles plustost en frische
que celles des autres? Le commerce pareillemét
n'est point ruïné par la science. Les Mathematiques plustost, ausquelles Balzac s'attaque plus
particulierement, l'ont estably, nous ont ouuert
les mers, découuert des terres incogneuës, &
fait que maintenant toutes les parties de la terre
peuuent s'entrecommuniquer leurs richesses.

Mais les estudes sont contraires à la guerre.
Pleust à Dieu qu'elles l'eussent exterminée, &
que tout le monde (estant heureux en vne honorable & perpetuelle paix qu'il voudroit) pust
passer doucement son temps és lettres, que nostre Autheur croit inutiles, peut estre pour ne
les auoir iamais assez bien considerées. Il est
vray que les lettres adoucissent merueilleuse-
ment vn esprit farouche, & domtent puissam-
ment les fougues d'vn naturel impetueux; mais
tant s'en faut qu'elles diminuent la vaillance,
& qu'elles nuisent à la guerre, que presque toutes les belles & grandes actions ont esté con-
duites & mises à fin par des hommes excellens
en sçauoir. Il m'est aussi facile de le prouuer
que de le mettre en auant, s'il ne valoit mieux
se taire, que de dire ce qui est trop cogneu. Ie
me contenteray, pour monstrer que les sciences n'apportent point vn si pesant engourdisse-
ment aux hommes, de faire remarquer que jamais l'Europe, & particulierement la France,
n'a veu plus de diuerses guerres, ny plus d'a-
ctions d'adresse & de generosité que depuis le

temps dans lequel nos peres virent renaiſtre les
ſciences: non que les bonnes lettres ayent donné
le ſuiet des troubles, qui a preſque touſiours eſté
l'ambition des Grands, mais par ce que les eſprits
eſtans ſubtiliſés par les ſciences, & les courages
animés par les anciens exemples & par les ex-
hortations d'hommes eloquens, les armées
eſtoient d'vn coſté & d'autre mieux ordonnées,
plus actiues & plus fortes. Les hommes n'ont
pas eſté moins belliqueux, ny auſſi moins indu-
ſtrieux, quand en quelques vnes de nos guerres
de religion, ainſi que i'ay entendu, ſe ſont quelquesfois rencontrés en vn meſme corps de gar-
de, ſeize ou vingt Gentils-hommes liſans l'Iliade
d'Homere en ſa langue: & pour auoir entendu
les Mathematiques, les villes n'en ont pas eſté
moins aſſeurément fortifiées, moins habilement
attaquées, ny moins ſagement defenduës. Et ce
que Balzac fait alluſion à la mort d'Archimedes,
quand voulant prouuer, qu'il n'y a point d'Eſtat
ſi aiſé à ruiner, que celuy dans lequel les bonnes
lettres fleuriſſent, il dit, *que l'on aura affaire à des
hommes aſſoupis en leurs profondes ſpeculations, qui
dans vne ville priſe n'entendront ny le ſon des trom-
petes ny le bruit des armes, & ne s'apperceuront qu'il y
a du danger.* Ce diſcours, dis-ie, eſt aſſés bien pris
par noſtre maiſtre d'Eloquence, pour prouuer
tout le contraire de ce qu'il a deſſein de mon-
ſtrer. Il n'eſt beſoin de s'arreſter à rendre ceſte
faute d'Orateur plus viſible: chacun ſçait aſſés
l'hiſtoire de Marcellus & la priſe de Syracuſe.

Balzac derechef nous accufera de le calom-
nier, comme s'il vouloit faire vne Mofcouie &
vne Turquie de la France, comme s'il vouloit
ramener la barbarie de quelques fiecles paffez:
qu'il a dextrement efuité ce reproche par vne 151
diftinction mal expliquée des fciences vtiles &
inutiles; qu'il rejette celle-cy, qu'il approuue &
cherift fort les autres.

Mais en premier lieu, ie le reprends de diffimu-
lation ou d'ambiguité, ou bien il n'eft pas refolu
s'il veut condamner abfoluëment les fciences,
& partant il nage entre deux eaux, & meffe fon
difcours, en forte qu'il femble toufiours eftre
d'vn & d'autre party : ou parce qu'il n'ofe pref-
cher l'ignorance, & confeiller au monde, de cre-
uer l'vn de fes yeux, il veut corriger ce qu'il a
trop rudement auancé.

Puis apres ie dis, que non feulement fa corre-
ction n'efface pas ce qu'il a deuant efcrit contre l'eftude des bonnes lettres, que mefmes elle
dit de nouuelles injures aux hommes d'eftude.
Ceux qui ne ceffent de s'emplir de doctrine, qui paf- 152
fent leur leur temps à l'intelligence d'vne langue ne
peuuent apporter de deshonneur, ny eftre domm-
mageables à vn eftat : au moins viuent-ils en innocence, ne font point *fuiets intolerables*, & ne
meritent pas d'eftre retranchez comme mem- 153
bres pourris de la focieté des hômmes. Les plai-
firs de l'eftude font auffi honneftes, ou du moins
auffi pardonnables, que ceux de la faineantife.
Balzac penfe n'auoir vefcu qu'vn Autômne, qu'il
a paffé aux champs fans rien faire ; ne pouuant

faire reuenir ces iours bien-heureux, il les regoû-
ste le plus qu'il peut par le souuenir & par le difcours : qui diroit que Balzac estoit alors à rejet-
ter, ou qu'il le faut maintenant retrancher *de la*
societé des hommes, comme superfluité de la republi-
que, propre seulement à peupler les solitudes auroit-
il grande raison, si dauanture il ne se fondoit sur
l'authorité mesme de Balzac ?

En outre, quand apres auoir distingué generalement les sciences inutiles de celles qui peuuent seruir, il n'admet entre les vtiles, que l'Eloquence, *pour la part qu'il y pretend,* la Morale &
l'Histoire ; par ceste exemption & denombre-
ment, il condamne assez toutes celles dont il ne
parle point. S'il s'excuse, qu'il ne traitte que des
sciences dignes d'vn Prince, outre que ie n'ap-
perçois point de cause, pour laquelle il soit mes-
seant à vn Prince d'estre aussi sçauant qu'vn autre homme : ie luy respondray, qu'en sa digres-
sion il parle generalement des sciences, sans di-
stinction de la qualité de ceux qui les recher-
chent ; & qu'en les ayant vniuersellement blas-
mées, & en exceptant par apres quelques vnes,
il laisse toutes les autres condamnées par son si-
lence.

En fin en ce qu'il se reprend, on peut dire
qu'il se contredit. Il ne veut pas faire reuiure ces
tenebres, qui couuroient la face de la terre,
quand les Princes de Valois & de Medicis fu-
rent diuinement enuoyez pour chasser la barbarie. Comment l'ont-ils chassée ? sinon principalement par le renouuellement des trois langues,

qui ont donné l'entrée aux meilleurs esprits dedans les liures des sages & sçauans de tous les siecles, & nous ont produit tant d'excellens Philosophes, Theologiens, Medecins, Iurisconsultes & Mathématiciens, que le dernier aage peut opposer à toute l'antiquité. Les sciences dans ces derniers temps ont toutes pris leur enrichissement & leur perfection des langues, que Balzac n'auroit iamais mesprisée, s'il les auoit cogneuës plus familierement, la lecture des sages & des maistres de son art, qu'il luy auroit fallu voir, pour les apprendre, luy auroit formé le jugement, & empesché de faire tant d'extrauagances notables en ses escrits, que le moindre de ces gens de College, qu'il desdaigne si arrogamment, pourroit aisément les luy faire toucher. Les Mathematiques ausquelles il s'est particulierement attaqué, ont aussi pris vn tres-grand accroissement depuis le regne du grand François : & ie ne voy pas quel sujet a nostre siecle de s'en plaindre. Depuis le mesme regne la Poësie, l'exercice des esprits les plus gentils, a fait des efforts comparables à ceux des saisons les plus heureuses. La France n'en a pas esté moins guerriere, ny moins fertile, ny plus deshonorée. Et toutesfois n'estimez pas que Balzac traitte plus fauorablement cest honneste entretien des beaux esprits, que du nom de maladie, c'est à dire de folie : sans considerer que tous ses discours remplis de fictions, de digressions & d'hyperboles, ne sont qu'vne continuelle Poësie sans rime, comme dit le Prouerbe, & bien souuent sans raison. Que si la Poësie, à son iugement est vne maladie d'esprit, il recompense dignement la peine de deux Poëtes, qui à l'entrée de son liure font taire tous les anciens autheurs Grecs & Romains, & tous les nouueaux de nostre siecle, pour n'entendre desormais que cest Orateur esperé dés long temps par tout le monde. Voilà Sirmond bien honnestement payé de ces beaux carmes Latins. Si Balzac auquel il fait vne si honteuse Cour, ne luy donne point autre chose, il fera bien sagement de chercher fortune ailleurs, possible il trouuera mieux son conte à faire de la prose Françoise.

Ie veux en sortant de ceste matiere laisser à Balzac cest auertissement, que ny Dialecticien, ny Poëte, ny Grammairien, ny manieur de globes n'ont point ruiné d'Estats. Les mauuais Orateurs en ont renuersé la plus part, & quiconque anime les Princes & peuples voisins à des haines irreconciliables, prepare la guerre, & met au moins deux Esta ts, & souuentesfois plusieurs, en danger de se perdre.

Ce que ie diray presentement pour la verité, ne se doit pas oublier pour l'honneur de nostre Fráce. Nous ne pourrions endurer qu'vn estranger la traittast auec si peu de raison & tant d'indignité. Selon l'aduis de Balzac nos Ancestres ont esté tous brutaux, chez lesquels depuis la naissance de l'Estat iusques à present *la Fortune a gouuerné souuerainement, & n'a laissé au sens & à la raison, que fort peu de part en la conduite des affaires. Ils se bandoient les yeux pour combatre. Il sembloit en*

*leurs traittez , qu'ils euſſent deſſein de ruiner
tout.* A peine depuis douze cens ans *on trouuera deux Princes* (pour n'en excepter aucun, il
les laiſſe à deuiner) deſquels on ſe doiue contenter. Entre tant de Charles, de Louys , de
Philippes , & de Henrys , entre les Pepins &
les Capets, Balzac ne trouue que de la temerité , de l'imprudence & de la legereté. Il n'y
a jamais eu de conſeil , jamais de ſages Mini-
ſtres, ny en paix ny en guerre. Tant de grandes actions ont heureuſement eſté miſes à fin
ſous les auſpices des Roys precedens : Les armes de France ont remply de trophées l'Europe : l'Aſie & l'Afrique ont gagné des Empi-
res ; & les ont long-temps conſeruez ; mais contre toute raiſon : ſelon l'opinion de Balzac ils
deuoient pluſtoſt tout perdre. Cet Eſtat ſi bien
temperé, ſi ſagement ordonné, que les Politi-
ques eſtrangers admirent, & qu'ils ont eſtimé
le plus propre à ſubſiſter de toutes les formes
de gouuernement, n'a eſté que deſordre , con-
fuſion, & hazard : ſa conſeruation depuis tant
de ſiecles n'eſt qu'vn miracle continu, qu'vn 182
perpetuel combat du ciel contre la folie de nos
anceſtres. Qui pourroit ſupporter l'inſolence
d'vn ſi haut meſpris, meſme dans vn autheur ennemy de ce Royaume?

Mais cela tourne à la gloire de ſa Maieſté. Comment la honte de ſon Eſtat & de ſes Peres & anceſtres tourneroit-elle à ſa gloire outre que ce
n'eſt pas grand auantage d'eſtre plus que rien, ny
grande loüange d'eſtre plus ſage que ceux qui ıx

n'ont aucun sens ny raison?

Iusques à present, si les fautes de Balzac ne sont point tolerables, au moins ne sont-elles point sãglantes, elles n'ont fait mourir personne. I'accuse celles qui suiuent, non seulemẽt d'iniustice, mais encor d'vne insupportable cruauté. Il escrit, *qu'il ne conseille pas aux Princes (& qui leur voudroit conseiller?) de se laisser tuer. Ils peuuẽt, dit-il, preuenir le danger, voire par la mort de ceux qui leur sont suspects.* Quoy? seulement suspects? Balzac n'adiouste point autre chose, *C'est,* prononce-t'il, *vne excusable seuerité.* En quel Commandement de Dieu, en quel conseil des Apostres a-t'il trouué vne verité si importante? En quelle Morale l'a-t'il apprise, en quelle Politique? si ce n'est dauanture en celle de Machiauel, qu'il canonise comme sainct? En quelle vie d'vn Prince moderé, d'vn Prince iuste, tel que le nostre, se trouuẽt quelques exemples d'vne si funeste & barbare doctrine? tuer les suspects! Et s'ils n'ont point offensé? s'ils sont soupçonnez à tort? si ceste *prudence qui penetre dans les pensees & dans les secrets des hommes,* qui n'est pas diuine, qui n'est pas infaillible, si elle s'est trompee, qui r'appellera la vie des hommes tuez iniustement? quelle satisfaction fera le Prince? que pourra-t'il rendre à ceux ausquels il aura osté la vie? Et si, comme il arriue souuent, que les plus genereux & plus vertueux sont ordinairement aussi plus suiets à estre soupçonnez; si la calomnie fait tacitement iotier ses mines dãs l'esprit d'vn Prince moins auisé que le nostre, contre ce qu'il y a de plus eminent apres

luy

luy dedans ſon Eſtat, comme les hiſtoires nous en
fourniſſent trop d'exemples deplorables: vn ſer-
uiteur fidele, vn Fils, vn Frere ſera-t'il pluſtoſt
aſſaſſiné qu'accuſé? Si ſon innocence ſe deſcou-
ure apres ſa mort, (Monſieur de Balzac vous
n'excuſerez ſi ie parle à vous) le Prince que vous
aurez ſoüillé dans vn deteſtable meurtre recognoiſtra t'il ſon crime, ou s'il continuëra, pour
ſouſtenir ce qu'il aura fait, de noircir la memoire
de l'innocent? En quelles detreſſes voſtre conſeil
reduiroit t'il vn Prince qui n'auroit pas entierement effacé de ſon ame la crainte de Dieu, ny la
honte des hommes? Vous permettez le meurtre
au Prince pour ſe deliurer de ſoupçon. Voſtre
remede eſt plus mortel ſans comparaiſon que la
maladie. Si le Souuerain eſt entré en quelque
deffiance, & ne peut pas ſi aiſément s'en retirer,
vous iugez plus raiſonnable qu'il deuienne cri-
minel, pour s'aſſeurer, que de demeurer auec
quelque crainte en eſtat de iuſtice & d'innocéce.
Combien de Princes Payens auroient plus volontiers perdu la vie que de ſacrifier à leur aſſeurance des hommes ſeulement ſuſpects? Qui eſt
voſtre conſeil? Vous faictes vn ſignalé tort à la
clemence & bonté du Roy. Vous offenſez le
bonheur de ſon regne par des propoſitions que ſa
Maieſté deteſte, & ſçait n'eſtre propres qu'à ſouſtenir des actions tres-diſſemblables, & tres-con-
traires aux ſiennes, ie veux dire d'vne extreme
violence. Vn Tibere, vn Caius, & autres ſem-
blables monſtres ont eſté miſerables en viuant,
& leur memoire eſt encores, & ſera touſiours en
abomination, non pas pour autre raiſon que

D

pour auoir creu & pratiqué voſtre maxime, de
faire mourir ceux qu'ils ſoupçonnoient, afin de
viure en plus grande ſeureté. Que ſi vous faiſiez
croire à tout vn Royaume, que le Souuerain fuſt
imbû de voſtre doctrine, & qu'il fuſt diſpoſé à ſe
deffaire, ſans autre forme de iuſtice, de tous ceux
dont il auroit ſoupçon; vous rempliriez tout vn
Eſtat de frayeur, & ſuſciteriez autant d'ennemis
au Prince qu'il y a d'hommes qui craignent vne
mort violente. Vous luy dreſſeriez des coniura-
tions d'autant de perſonnes qu'il y en a de capables de donner quelque ſoupçon; vous anime-
riez contre luy pour la conſeruation de leur vie
ſes plus fideles ſeruiteurs, & le reduiriez à ne viure pas en aſſeurance de ſes propres gardes. Voila
où tend voſtre prudence Chreſtienne; voila ce
que pourroit produire voſtre cruelle & meur-
triere Eloquence.

X.
200.

N'attendons pas de celuy qui eſtime ſi peu la
vie des hommes, qu'il traite plus fauorablement
ce que chacun a de plus cher apres ſa vie, c'eſt la
Liberté. Il permet de tuer pour vn ſoupçon, il
veut que l'on empriſonne ſur *vne legere deſfiance,
ſur vn* ſimple *ſonge*. On priuera donc des hômes
innocens de la cômunication de leurs femmes &
enfans, de l'entretien de leurs amis, du plaiſir de
leurs terres & maiſons, de la reſpiration libre de
l'air & de la vie? pour vne imagination? pour vn
ſonge? Balzac le trouuera raiſonnable. Mais il ne
conſidere pas combien ſeroit miſerable vn Souuerain qui ſe gouuerneroit ſelon ſes loix? côbien
il ſeroit dangereux que l'on eſtimaſt vn Prince
s'eſtre laiſſé emporter à ces perſuaſions inhumai-

nés: comme chacun s'enfuiroit deuant ceste face,
qui doit attirer & resiouyr tout le monde : comment on craindroit autant son amitié comme sa
haine, chacun estant tousiours en suspens, tousiours en crainte de sa liberté, qu'il sçauroit ne de-
pendre que d'vne imagination ou d'vn songe.
L'innocence ne seruiroit à personne pour l'asseurer, & l'on ne trouueroit point de seureté dedans
le tesmoignage de sa propre conscience. Quand
on auroit euité toutes les occasions qui peuuent
rendre vn hôme suspect on craindroit tousiours
ceste soupçonneuse *Prudence*, que Balzac separe
de la Iustice, à laquelle il donne droict d'entree
non seulement dans les apparences des perils ou
bien des crimes, mais encore dans les pensees les
plus secrettes des hommes. Et comme personne
n'auroit moyen de cognoistre les mouuements
cachez de l'esprit, ny de preuoir les songes du
Souuerain, la nature faisant pancher les hommes
à la crainte d'vn mal possible, & comme ineuita-
ble: car qui pourroit empescher vn Souuerain de
penser ce qu'il voudroit, d'auoir quelque legere
deffiance, de songer, ou de resuer? Tout vn Estat
seroit remply de crainte & de haine du Prince.

   On ne pourroit pas aimer celuy de qui chacun
attendroit à tous momens vn des maux extremes
de la vie. Car Balzac est bien ignorant des senti-
mens humains s'il s'imagine que la prison soit vn
rafraichissement si agreable que l'on le supporte
auec ioye, pour donner contentement à vne legere deffiance de sa fidelité. Il y a peu de personnes qui ne hazardassent volontiers vie & biens
pour se passer de ceste ioye. Mais ils sortent apres

que le Prince a recogneu leur innocence. Ie ne
diray pas que souuent auant le têps de ceste recognoissance plusieurs auront tristemét finy leurs
iours & rendu l'esprit, que la naissance leur auoit
donné libre, entre les fers d'vne rude captiuité.
Mais ceux en fin qui auront eu plus de bon-heur
ou de courage pour supporter vne afflictió quelques-fois de plusieurs annees peuuent tousiours
conseruer vn esprit offensé contre le Prince : &
quand ils auroient estouffé tout ressentiment du
mal passé, le Prince en auroit mal aisément la
creance, il demeureroit tousiours en doute de
leur affection. Desquelles craintes & deffiances
mutuelles il n'y a personne qui n'apperçoiue aisément les funestes consequences.

Pour mettre vn Prince & vn Estat en repos, il
est necessaire que le Prince ait acquis entre les
siens vne creance bien esloignee de celle que luy
apporteroient les beaux conseils de Balzac. Il
doit principalement auoir la reputation de Iustice, qui preside en toutes ses actions, qui l'em-
pesche de punir sans cognoistre, de tuer sur vn
soupçon, d'emprisonner sur vne legere deffiance
ou sur vn songe. Ceste opinion d'vn Prince luy
gaigne les cœurs des peuples, & asseurant tous ses
subiects affermit son throsne, & vaut mieux pour
sa vie que toutes les gardes qui veillent à sa porte.

C'est cette vraye gloire dont nostre LOVYS
XIII. est jaloux, plus que de celle des armes.
C'est cette loüange solide, que d'vne commune
voix, d'vn consentement vniuersel, nostre siecle
luy donne, qui l'appelle, non pas le Victorieux,
comme il l'est, mais le Iuste, du tiltre le plus

augufte & le plus aimable, que les hommes puif-
fent inuenter. On fe gardera bien de croire qu'il
gouuerne fon Royaume par les maximes de Balzac, qu'il faffe rien d'extraordinaire, ny qu'il
vfe de puiffance abfoluë, fans grandes & puiffan-
tes raifons, fans confiderations tres-juftes & tres-
importantes. Et fi par fois il eft obligé de s'affeu-
rer de la perfonne de quelques vns de fes fujets,
encor que l'on n'en cognoiffe pas la caufe publi-
quement, on eftime toutesfois qu'elle eft fondée
non pas fur de legeres deffiances, ny fur des fonges, mais fur des raifons tres-valables, & tres-
juftes. Ceux-mefmes qui font arreftez, s'ils s'e-
ftiment & fe difent innocens, n'accufent pas
toutesfois la Iuftice de fa Majefté, comme s ils
eftoient detenus fur des fonges ou de legeres
imaginations : ils fe plaignent de la rencontre
des temps & des affaires, & de quelque malheur
caché, qui a peu donner au Roy vn raifonnable
& jufte fujet de les retenir. Auffi n'accuferay-je
pas Balzac de faire tort au Roy dedans l'opinion
de ceux qui font tefmoins de fa vie, & qui reffen-
tent la felicité de fon gouuernement. Il y auroit plus de danger (fi d'autres autheurs n'efcri-
uoient plus à propos & plus veritablement de fa
Majefté) qu'il ne l'offenfaft parmi les nations
eftrangeres, & plus encore parmy la pofterité,
qui ne pourra cognoiftre le Roy, que dans les
liures. Car quelle plus mauuaife couleur, quelle
plus chetifue defenfe pourroit-il apporter aux
violentes actions des Princes les plus injuftes,
que celles defquelles il vfe pour fouftenir le
gouuernement du plus Iufte de nos Roys?

101	Il adjouste en ce sujet vne autre impertinence remarquable. Il dit, que l'on ne s'estoit iamais a-uisé de cét expedient d'arrester les personnes suspectes. Il valoit mieux dire veritablement le contraire, & monstrer l'Histoire, des exemples de ce qui se prattique aujourd'huy : que s'il est maintenant plus ordinaire, que dans quelques regnes precedens, la necessité des temps, à la-quelle la raison s'accommode tousiours, en est vne raisonnable cause.

Mais outre que sa raison est vicieuse, & toute propre à qui voudroit prouuer le contraire de ce que pretend Balzac ; c'est encore vne grande ineptie, de dire qu'au temps passé l'on n'a pas eu assez de prudence, ny assez d'esprit, pour s'aui-ser au besoin d'vne inuention si facile. C'est bien vainement admirer son siecle, c'est bien superbe-ment condamner les precedens d'vne stupidité grossiere. On s'est tousiours auisé de ce qui se fait aujourd'huy; en toutes saisons. En toutes nations les Princes ont pris asseurance, & des particu-liers, & des peuples qui leur estoient suspects. S'ils ne l'ont fait, ils ont manqué de puissance ou de volonté, non pas iamais d'esprit, pour trouuer vn expedient si aisé. Nous ne voyós aujourd'huy rien sans exemples, ny rien de nouueau pour ce regard. Nous croyons seulement, que ce que sa Majesté fait, elle l'ordonne auec autant de con-science & de iustice, elle s'en sert auec autant de moderation, dont jamais en pareille occasion les Princes les plus humains & les plus religieux ayent vsé.

Ie laisse à iuger à Balzac, lequel des deux raiſonnemens, du ſien, lequel ie reprens, ou de ceſt autre, que ie propoſe, eſt plus conforme au meri-te de ſa Majeſté, plus vtile à ſon ſeruice, plus con-uenable à ſon honneur & à la perſuaſion, que nous deuons tous auoir de noſtre Maiſtre. S'il conteſte, j'oſe me vanter d'auoir contre luy, l'au-thorité de ſes deux Docteurs Mãdians, leſquels il a penſé ſurprẽdre pour faire approuuer ſon liure.

Les meſmes auſſi ne pourront pas trouuer mauuais ce que ie me ſens obligé de dire en ſuit-te. Balzac nous veut enſeigner vn conſeil de Dieu, qui ne ſe trouue ny dans l'vn ny l'autre Te-ſtament. *Dieu*, ce dit-il, *conſeille de viure d'au-moſne*, il diroit mieux, qu'il conſeille & com-mande de la donner. S'il eſt eſcrit de tout ven-dre pour donner aux pauures, ce n'eſt pas afin que l'on viue, apres la vente & diſtribution de ſes biens, dedans vne oiſeuſe mandicité, pour demander & pour reprendre en detail ſelon le beſoin de la vie, les biens, que l'on aura tous delaiſſez en vne fois. L'on s'acquitte digne-ment de ce conſeil, ainſi qu'vn ſainct per-ſonnage a eſcrit, quand ayant abandonné tou-tes choſes pour l'amour de Dieu, l'on trauail-le de ſes mains pour viure, & encore pour donner l'aumoſne à ceux qui en auront be-ſoin. Le bien-heureux Apoſtre, fidelle & infail-lible interprete de l'eſprit & de la volonté de ſon Maiſtre, ſemble n'auoir aucune choſe en plus grande recommandation, que de re-trancher l'injuſte faineantiſe, qui ſe nourriſt de ce qu'elle vole & rauit aux neceſſitez de

ceux, qui ne peuuent trauailler. C'est son dernier auertissement, ce sont ces dernieres paroles
en cette belle harangue, qui tira les larmes de
toute son assistance. Vous sçauez que ces mains
icy ont seruy à toutes mes necessitez, & de ceux
qui estoient auec moy. Ie vous ay monstré sur
toutes choses, qu'il faut, en trauaillant de la sorte, assister les malades, & se ressouuenant des discours du Seigneur Iesus , par ce qu'il a dit luy-
mesme. Il est plus heureux de donner que de re-
ceuoir. Si l'Apostre a quelque raison d'establir &
fonder sa doctrine sur la parole de nostre Seign.
sans doute la Loy de Iesus-Christ est bien esloi-
gnée de permettre, que sans necessité personne
viue d'aumosne, puis qu'elle oblige mesmes à
trauailler pour le soulagement de la misere d'autruy. Il ne se contente pas de l'auoir annoncé de
viue voix à ceux d'Ephese, il leur mande encore
par escrit , Que le Larron ne dérobe plus,
mais qu'il prenne peine en trauaillant le bien
de ses mains , afin qu'il ait dequoy donner au
necessiteux. Il estoit beaucoup plus facile
de porter le larron à mandier , & à viure d'aumosnes , si le Christianisme , ie ne diray pas
l'eust conseillé , comme vn bien, mais seulement
l'eust permis , comme vne chose indifferente,
que de le contraindre à vn penible trauail, si l'A-
postre n'auoit voulu monstrer , que personne
n'a droit de viure d'aumosnes , sinon celuy,
qui ne peut pas trauailler , pour l'entretien duquel tous les autres sont obligez au trauail. Car
qui refuse de trauailler , comme il nous apprend
ailleurs,

ailleurs, n'a pas aussi droict de viure, ny de manger. Il dit que celuy-là chemine en desordre, il
l'exhorte de par Nostre Seigneur Iesus-Christ,
de trauailler en repos, pour manger son pain
(non plus celuy d'autruy) il veut & commande
au hom (comme s'il disoit, de la part) du mesme
Seigneur Iesus-Christ, que l'on ne hante point
vn Chrestien, qui marchera dans ce desordre.
Dont il est aisé de coclurre non pas, ce que Balzac
auance legerement, que Dieu conseille aux siens
de viure d'aumosnes, mais au contraire, que c'est
vne doctrine Chrestienne enseignée par Nostre
Seigneur, que l'on est obligé de trauailler & pour
viure & pour donner l'aumosne.

Que si Balzac espere pour sa defense, pouuoir
souleuer les Ordres Mandians, ie l'empescheray
bien aisément de s'en preualoir contre moy, au
moins ie contenteray les religieux, les sçauants, &
les modestes, car s'il y en auoit d'autre sorte, ie ne
suis pas obligé de satisfaire à ceux, qu'aucune raison ne pourroit pas contenter. Ie dis, que quiconque trauaille pour l'Eglise & s'y employe
soigneusement & assiduellement, comme en son
propre mestier, a droict & pouuoir de viure aux
despens de ceux, ausquels il rend seruice, soit qu'il
recueille quelque bien affecté à sa charge, soit
qu'il luy faille demander son viure, comme vne
debte non pas ciuile, mais naturelle, à ceux ausquels son trauail est necessaire. Hors de ceste re-
gle & de l'autre condition que nous auons expliquée, quelque couuerture de religion, que l'on
baille à la mendicité, elle est tousiours iniuste &
entierement contraire au Christianisme aussi bien

qu'aux polices humaines, & au droit de nature
qui ne souffre pas, que l'on prenne deshonnce-
ment sans rien donner, ne qu'vne partie reçoiue
son aliment des autres, sans rendre au tout le
contr'eschange de quelque commodité. Aussi
ne veux-ie pas croire, que Balsac ose defendre,
comme vne verité necessaire, ce que, sans autrement y penser, en traittant autre sujet, il a laissé
couler de sa plume. Mais bien l'aduertiray-ie
qu'il deuroit au moins apporter autant de soin
pour les choses, que pour les paroles; que pour
dresser vne contrepointe de mots, il ne faut pas
mettre en auant vn mensonge, ny laisser glisser
vne mauuaise doctrine, pour en establir vne bonne.

XII.

391.

Voyons à present si Balzac aura esté plus heureux à faire des Propheties, qu'à forger de nouueaux conseils de Dieu. Apres s'estre mocqué
des Espagnols, qui se forgent en l'imagination
l'Empire de tout le monde, sur certaines fausses
Propheties, il veut aussi cercher des oracles en
faueur de sa Majesté. Qui eust attendu de luy
qu'apres auoir accusé la vanité mensongere des
Espagnols, il eust vonlu produire vn homme
estimé le plus malicieux & detestable de tous les
Escriuains, pour vn Prophete? Car qui n'a point
entendu parler de Machiauel & de ses dangereu-
ses maximes? qui ne le tient comme vn ennemy
public de toute sincerité, Iustice, Religion &
vertu, Conseiller & autheur de tyrannie, Maistre
de dissimulation & de perfidie, Docteur de cruauté & d'impieté? que toute l'Eglise se persuadera
plustost auoir esté possedé de l'esprit de Satan,

aucun bien inftruit en noftre Religion ne
pourra croire, qu'il ayt efté infailliblement infpi-
ré de Dieu. Toutesfois Balzac le met entre les
Sages, & le nomme grand perfonnage, fans fe re-
fouuenir d'auoir auparauant approuué le iugement de Seneque, lequel ne peut endurer de Tite   300.
Liue, qu'il appelle grand efprit, vn mefchant
homme.

Mais laiffons à part la perfonne, & fans confi-
derer fi la Prophetie part de Balaam ou de fon
fon Afneffe, examinons la par elle mefme. Il y a
cent ans que Machiauel efcriuoit à Laurent de
Medicis Duc d'Vrbain, que la pauure Italie *efpe-
roit de fa maifon quelqu'vn qui la deliuraft.* Ce
que Machiauel efcrit pour vne fort honnefte flat-
terie, Balzac nous en fait vn oracle infaillible.
N'a-t'il pas raifon apres vne diuination fi certaine
& fi euidente, de fe mocquer de celles que les Efpagnols nous debitent? *Infailliblement l'efprit
diuin, qui dictoit ces paroles à Machiauel, regar-   391.
doit le mariage de noftre Henry quatriefme.* Pourquoy pluftoft, que celuy d'Henry fecond auec
vne Medicis, fille & heritiere d'Vrbin, qui a donné confecutiuement trois Rois en France? Pourquoy pluftoft, que tous les autres mariages des
filles de Florence és autres maifons de la Chre-
ftienté? Il n'y a rien en cefte belle Prophetie, qui
touche plus particulierement fa Majefté, que tous
ceux qui peuuent defcendre des filles de Medicis.

Mais à le bien prendre, ny fa Majefté, ny les
autres qui ne tiennent des Medicis, que par la
mere, ne peuuent pretendre aucune part en cest
oracle. Il nomme expreffément la maifon de

Medecis, & prrticulierement celle d'Vrbin, defquelles on ne peut pas dire, que foit fa Majefté
non plus que le Dauphin fi ardemment defiré des
vœux de toute la Frâce ne feroit pas de la maifõ ou
d'Autriche ou d'Efpagne, mais de celle de Bour-
bon & de France : non plus que le Roy n'eft pas
auffi de la maifon d'Efpagne pour eftre petit fils
de fainct Louys, iffu d'vne fille d'Efpagne. Ce
que Balzac auroit moins de grace de fouftenir,
qu'aucun autre, pour auoir par cy deuant remon-
ftré à la Royne, *Que le peuple d'Efpagne ne luy eft*
plus rien depuis fon mariage, que d'elle fon nom ne
peut paffer à vn autre, & que les femmes font la
fin des maifons d'où elles fortent, & le commen-
cement de celles où elles entrent. Ce que compa-
ré au lieu duquel nous traittons, fi l'on veut prendre pour quelque forte de contradiction, ie n'en
fçauray pas fi mauuais gré à noftre Prince d'Eloquence, que d'auoir meflé des legeretez fi badi-
nes parmy les loüanges de fa Majefté, comme s'il
n'y auoit pas affez de matiere dans les vertus du
Roy, pour en tirer des augures tres certains du
bon-heur lequel il promet & doit apporter à toute l'Europe.

Ie me fuis arrefté plus long temps à reprendre
en particulier toutes ces chofes, non pour me
plaire à defcouurir les defauts de perfonne, encor
que la vanité de Balzac, qui offence tout le monde, merite bien plus rude traictement : mais parce
qu'il m'a femblé, que la plufpart de ces fautes n'e-
ftoient pas feulement contre les reigles de bien
dire, mais encore comme i'ay remarqué contre le
bien de l'Eftat, contre la reputation & feruice de

ſa Majeſté, contre les bonnes mœurs, & contre
noſtre Religion. Ie paſſeray plus legerement ſur
ce qui reſte. Ie ne remarqueray point icy ſes
ſainctes & religieuſes hyperboles, qu'il a peine à
confeſſer que l'action du Roy pour la deffaicte
des Anglois, *doiue ceder au merite des Martirs.*
Que ſi le Roy eſt chaſte, il faict quaſi plus qu'il   106.
ne doit : qu'il faut qu'il ait de grandes pretenſions   78.
en l'autre monde, qui eſt vne façon de parler nou-   79.
uelle & bien dure au Chriſtianiſme.

  Ie laiſſe diuerſes fautes de iugement, comme
entr'autres ceſte belle comparaiſon, que le Prince
qui charge ſon peuple de tailles pour les neceſſi-   204.
tez de l'Eſtat eſt ſemblable à la Bize, qui deracine
les arbres & abbat les edifices, pour purger l'air.
Et cét autre incomparable, que comme les De-
mons ſe meſlent quelquesfois en l'air parmy les   108.
pluyes, parmy les foudres & tempeſtes, ainſi que
les Roys ſont inſpirez de Dieu.

  Mais ie ne peux laiſſer paſſer, pour la derniere re-   XIV.
marque, vn vice eſpandu generallement dedans
tout le liure, l'inclination violente de Balzac, pour
blaſmer toutes choſes à tout propos, qui fait encore paroiſtre la ſterilité de ſon eſprit, comme s'il
n'auoit autre moyen de donner des loüanges, que
par l'oppoſition du blaſme. Car encore que ce
ſoit vn artifice non ſeulement permis, mais encore fort excellent & vtile aux hommes, de releuer
& enrichir la veru par l'aneantiſſement du vice
contraire. Toutesfois outre qu'il eſt facile, il ne
ſe faut pas continuellement ſouſtenir ſur vne
meſme figure, comme ſur vn meſme pied : & le
monde s'ennuie de ne voir qu'vne perpetuelle ſa-

tyre en vn difcours de loüanges. Icy ie n'entre-
ray point en confideration de la juftice ou bien
de l'iniquité de toutes les reproches que donne
Balzac, nous en verrons quelques vnes de juftes,
encores qu'elles foient libres, Ie veux feulement
comme i'ay propofé , monftrer fon habitude à
mefdire par vne reueuë de fon liure. Ie n'empef-
cheray pas toutesfois que l'on y recognoiffe des
fautes de iugement affez fignalees, mais ce n'eft
pas mon deffein de les eftendre ny remarquer. Ie
notte feulement fa forte inclination à v ouloir reprendre.

S'il veut dire qu'il a raifon de loüer noftre bon
67. Maiftre , il faict vn narré des mauuais Princes,
que leurs fujects ont loüez. Il ofte à vn de nos
Roys le tiltre de Debonnaire, pour luy donner
celuy de Sot, & veut qu'Elizabeth fe proftituë
70. vilainement au Comte d'Effex, encore que, felon
fon dire, les Anglois ayent la main à l'efpee, pour
Depuis la fouftenir eftre vierge. Si le Roy eft deuotieux
82. c'eft le fujet d'vn grand difcours contre les fauffes
à deuotions, de là contre la nouuelle Theologie &
100. contre les Efpagnols. Sa Majefté fe plaift aux
103. exercices du corps, il faut blafmer les autres Princes de noftre temps, qui paffent la plufpart de leur
vie dedans leurs Palais, & rendre infame leur fo-
litude. Le Roy aime la peinture. Selim auroit eu
137. grand tort de peindre à fon loifir vn autre tableau
que celuy de fa victoire. Et René d'Anjou a failly,
139. non pas pour auoir efté abfent de Sicile quand il
Depuis la perdit, mais pour s'eftre arrefté à la peinture
41. d'vne perdrix. Noftre Prince fçait iuger des cho-
à fes belles : à ce fujet vn Seigneur de Saxe, & le
57.

Pape Adrian reçoiuent la reprimande. Le Roy n'ignore aucune chose conuenable à sa dignité : il faut faire à ce propos vne censure generale des sciences.

Veut-il loüer la diligence & la prouidence de sa Majesté, il blasme vniuersellement tous ses deuanciers. Charles le Sage n'a merité cest honorable surnom, que plusieurs annees apres sa mort, depuis la folie de son fils. En tous les regnes precedens, il n'y a eu que *legereté, inconstance, & folie. La tempeste nous a iusques icy seruy de pilote : s'il y eut eu de la prudence du temps de nos Peres, il n'y auroit eu ny Ligue, ny Huguenots.* Sa Majesté est obligee, par la necessité de ses affaires, de s'asseurer de quelques-vns de ses sujects, en arrestant leurs personnes, Balzac trouue bien à propos d'accuser tous les Roys precedens, d'imprudence pour ne s'estre pas aduisez d'vn pareil expedient.

Le Roy fait la guerre en Italie, il se faut ietter sur l'ambition, l'orgueil, l'infidelité, la cruauté, le peu de Religion d'Espagne, & nommément (encore que l'on ait promis de ne rien dire contre la maison d'Austriche) sur Ferdinand, Charles le Quint, & sur Philippe second : Puis mettre comme de raison les Peres des Equiuoques, auec les Espagnols : & par apres (afin que ces Reuerens ne manquent point en cest endroit du sujet de leur vanterie ordinaire, qu'aucun ne les attaqua iamais, qui ne s'attaquast au sainct Siege) censurer le Siege Apostolic, pour sa precipitation à à condamner l'Angleterre. Le Roy est patient. On prend derechef le blasme de nostre nation, &

Depuis 167. à 183.

172.

201.

218.

230.

235.

262. de nouueau l'on en charge les peuples du Septem-
trion.

272. S'il faut estimer l'aage de sa Majesté, Balzac commence le blasme de la Vieillesse, qu'il iuge moins raisonnable, moins sage, & moins esclairee de Dieu que la ieunesse : & ne pense point, qu'il luy faudra changer de discours, quand Dieu aura fait la grace à sa Majesté de vieillir. La vie du Roy a esté trauersée de continuelles peines, dans les miseres de son Estat. C'est vne occasion à Balzac de se mocquer de la profonde & longue paix, dont quelques regnes ont iouy. *Alors, à son*
276. *aduis, tout le monde ne faisoit que dormir, Il y auoit suspension generalle de toutes les fonctions de la vie actiue.* Il rend ridicules ces heureuses saisons, ou les histoires n'auoient autre matiere, que des magnificences publiques sans songer, que tous les irauaux de nostre bon Prince, n'ont & ne peuuent auoir vne fin plus excellente, que de produire premierément à la France, puis à toute la Chrestienté, & s'il estoit possible, à tout le reste du monde, vn repos semblable.

290. Si le Roy est recommandable pour son excelléte probité: Les Lacedemoniens se trouuent pris dãs le larcin de leurs enfans : Et Ciceron a mauuaise grace, quand il s'offense de n'estre appellé que homme par son amy. Si Balzac grossist son liure des diuerses separations inuentees par les Platoniciens, s'il les applique à son propos, ce ne luy sont toutesfois que resueries. Si sa Majesté ne faict point de guerres iniustes, pour enuahir le bien d'autruy: On prend derechef les Espagnols à partie, lesquels on mene battant iusques à la fin
du

du liure. En fin tous ceux qui regnent auiour-
d'huy fur la terre, ont, comme il luy femble, quel- 344.
ques notables deffauts.

Et pour terminer dignement fon liure, afin
que l'on n'eftime pas, que finiffant ce volume il
vueille ceffer de mefdire, il s'oblige par vne fo-
lemnelle promeffe en fes dernieres paroles, non
pas de continuer comme il a bien commencé,
mais de furmonter de beaucoup par cy apres,
tout ce qu'il a monftré fçauoir en cefte perfection
de reprendre. Que fon fecond volume ne fera
qu'vne continuelle médifance, vn examen gene-
ral, vn iugement vniuerfel des viuans & des
morts. Ainfi veut-il eftre condamné pour les fautes faites & à faire, il fe rend coupable auparauant
que d'auoir commis la faute, digne qu'on luy
commande de fe taire, auant qu'il commence à
parler.

Balzac m'accufera peut eftre de tomber moy xv.
mefme dans le vice, que ie reprens maintenant:
que ie condamne fa médifance par vne autre:
mais ie ne dois pas apprehender, que fon Eloquence le perfuade. Chacun verra la difference
d'vn médifan d'humeur, qui mord auidement
tout ce qui s'offre ; & d'vn homme qui note par
raifon, en vn feul autheur, ce que le bien public
demande, que l'on reprenne. C'eft à la verité
chofe dure, d'accufer celuy qui le merite, ou de
le condamner ; toutesfois l'vtilité publique met
ceux qui s'acquittent de cefte feuerité, les Procu-
reurs Generaux & les Iuges, en vn haut degré
d'honneur. Ie laiffe au iugement de tout le monde, fi vn amateur des bonnes lettres, de fon païs

& de ſa Religion , a fait dans ce diſcours quelque
choſe de contraire à ces deuoirs là : & s'il n'a pas
eſté raiſonnable , qu'vn homme repriſt celuy que
tout le monde doit reprendre , par ce qu'il meſ-
priſe & reprend tout le monde.

XVI.

Icy ie pourrois bien finir , ſi on n'attendoit
quelque mot des deux Lettres, que Balzac a miſes
à la fin de ſon liure. Elles ſont pleines toutes deux
d'vne gloire & ſuperbe inſupportable. Son liure
doit eſtre la honte des ſiecles paſſez , l'enuie de
noſtre aage , & l'admiration de la poſterité. La
nature deuoit au Roy ceſt Heraut de ſes actions.
La gloire de tant de batailles & de victoires, le lu-
ſtre de tant de vertus eſtoit terny , ſans la lumiere
de ce nouueau Soleil d'Eloquence. Il nous falloit
vn homme auſſi bien diſant , comme le Roy ſçait
bien faire. Si ce ne ſont les propres paroles de
Balzac, on iuge bien à ce qu'il eſcrit, que ſes ſen-
timens de ſoy-meſme ſont encore beaucoup plus
magnifiques.

Il ſe penſe inſolemment éleuer par le meſpris
de tout ce que l'antiquité nous a laiſſé de plus
adcomply. Il croit que tous les eſprits de toutes
les nations de la terre doiuent ceder au ſien : eſ-
tranger qu'il eſt entre les hommes, qui n'a pas encor appris qu'il n'y a point de deſpit plus naturel,
que contre la ſuperbe ; & que comme l'egalité eſt
mere de paix & nourrice d'amitié , auſſi vouloir
arrogamment eſtre par deſſus tous les autres, apporte comme neceſſairement vne haine vniuer-
ſelle. Ou, s'il ſçait aſſez de Morale, pour n'igno-
rer pas , qu'aucun ne ſe peut empeſcher de vouloir mal à vn homme glorieux, il eſt d'autre coſté

bien ignorant & bien nouueau en ceſt art, dont il brigue l'Empire s'il ne cognoiſt, que rien ne reſi-ſte tant à la perſuaſion, que la haine, & qu'il n'y a point de pire inuention pour plaire, que de ſe faire haïr.

En ſa premiere lettre il ſe iette outrageuſement contre les gens de College ; En quoy s'il n'a pas raiſon, au moins il a de la conſtance, & il demeu-re conforme à ſes eſcrits precedens. Vn qui s'eſt declaré ennemy iuré des bonnes Lettres, ne de-uoit pas en aymer les Profeſſeurs. Mais il diſſi-mule icy la vraye cauſe de ſa haine, & en apporte vne pertinente raiſon. Les ſciences, dit-il, ſont mal traittées dans les Colleges. Le ſont elles mieux ailleurs, où l'on ne les enſeigne point? D'où ſortent tous ceux qui ſçauent, ou qui ſont capables de ſçauoir, ſinon des Colleges ? Mais ſi ceux là traittent mal les ſciences, qui ont paſſé tout leur aage à les apprendre & enſeigner, com-ment Balzac, qui met le bon heur de ſa vie à ne rien faire en pourra t'il bien parler ? Si les gens de College ſont comme il parle, *Adulteres & Corru-pteurs des ſcièces*. Balzac ſera t'il admis luy tout ſeul à les carreſſer en vray Mary ? ou pour garder leur virginité, pour ne les corrompre pas, continue-ra t'il à ne les toucher point ? Noſtre ſiecle eſt bien-heureux, d'auoir en fin obtenu l'Argus & le Conſeruateur de la chaſteté des ſciences, ou leur Eſpoux bien aymé! Mais pluſtoſt l'Eſchole d'An-gouleſme a produit vn mauuais Eſcolier, qui n'a rien appris qu'à dire mal des iniures à ſes Maiſtres.

Il les appelle Pedans: mais ſi Pedant (comme

XVII.

Page des lettres 10.

l'enseignent ceux qui ont donné vogue
est vn nom de vice non pas de Profession,
dant se trouue sous la panache & dans les
aussi bien qu'en vne longue robbe ; si Pedant
vn homme inepte, remply d'vne vaine opinion
de science, qui s'admire tout seul, mespri-
blasme tous les autres ; qui est ce qui pourroit re-
fuser, à Balzac vne aussi bonne place en Pedante-
rie, qu'il en pretend en Eloquence? qui ne luy ac-
corderoit comme il la merite bien, la Principau-
té Pedantesque, pour sa Tyrannie du bien dire?

Goulu le deuoit auoir assez instruit à n'offenser pas de gayeté de cœur plusieurs engagez en
mesme cause. Il en a peut estre appris à espargner
le nom dés Religieux, & s'il les touche, à ne les
pas descouurir entierement : il n'a pas plus de raison d'attaquer nommement les professeurs des
bonnes lettres. Il reuere les Cloistres, il charge
sur les Colleges comme si les Escoles n'auoient
28. point autant de droit de commettre des Scholar-
ques, pour le chastier, comme les Conuents en
ont eu de nommer vn Phylarque.

Ce seroit chose trop ennuyeuse de remarquer
en particulier tout ce qui se peut reprendre en ces
deux lettres : seulement, en finissant, ie monstre
le beau iugement de Balzac par vn abbregé de la
derniere. On le pourra conferer auec la piece
tout entiere pour y recognoistre plus clairement
ceste admirable pratique d'vne Eloquence nou-
25. uelle. En voicy le sommaire.

Qu'il a fait vn excellent ouurage, dans lequel
il a surpassé les anciens (lesquels il n'a reuerez
sinon à cause de leur aage comme il honore vn

mme de soixante ans) & qu'il a pareillement 25.
mérité tous ceux qui viuent auiourd'huy en-
toutes les autres nations du monde , qu'il a
bien habillement loüé le Roy parce que c'est son
Maistre ; & que quiconque trouue de l'excez en 30.
ces paroles, ne sçait pas quel est le deuoir d'vn sujet. Que ça toufiours esté vne coustume, de bien
parler des Princes , quand mesmement ils n'auroient pas esté loüables. Pour Monsieur le Cardinal qu'il le veut consoler par ceste lettre que la
Reine mere , qui est la meilleure Princesse du
monde ne deuoit pas entendre les conseils d'Espagne, ne croire les diseurs de bonne fortune , & 43.
les Interpretes de songes , mais conseruer le premier degré de felicité où Monsieur le Cardinal 47.
l'auoit conduit. Que sa Majesté retenant Monsieur le Cardinal, contre la volonté de sa Mere &
de Monsieur son Frere , a consideré que les Rois 46.
ont plus besoin de Seruiteurs que de Parens.

Que s'il a fait quelques fautes en son liure , il
n'a fait que ce qu'il deuoit, comme il l'auoit bien 50.
declaré en commençant à escrire. Pour l'entrée
de son Liure, que Platon, Ciceron, Saluste, Dion,
Plutarque & Minutius Felix en ont fait de plus
impertinentes qu'il a voulu faire mieux qu'eux,
comme il entreprend le trauail de la plus longue
halaine, qui ait esté veu en Eloquence Oratoire.
Que pour l'amour de sa Majesté, il a parlé de l'Automne & de la charante. Enfin, que le conte d'vn
Gentil-homme Flamand, qu'il rapporte au commencement de son liure n'est point vne fable,
mais vne histoire veritable.

Balzac n'est-il pas aussi grand Politique , qu'il 50.

est excellent Orateur ; plus digne qu'homme viuant, plus digne que tous les morts, d'escrire des
affaires publiques ? Ne sçait-il pas bien soustenir
les actions de sa Majesté , & loüer dignement
ceux, que le Roy veut honorer ? digne à la verité,
qu'on luy pardonne pour son zele : & pour recompense , que l'on luy permette de se reposer
desormais & de se taire des affaires d'Estat. Le
gouuernement n'en sera pas moins estimé, & ce
grand & sage Cardinal , que Balzac entreprend
de consoler , assez familierement , n'en aura pas
moins de reputation ny de gloire.

Pour toutes ces diuerses raisons , ie ne desire
pas toutesfois oster entierement la plume d'entre
les mains de Balzac, Ie ne me departiray point de
mon premier auis que s'il vsoit de iugement il seroit bon Declamateur & agreable Escriuain.
Qu'il vse des yeux d'autruy , qu'il consulte d'autres oreilles , qu'il monstre à quelques experts çe
qu'il a dessein d'escrire & de mettre au iour, qu'il
retranche ceste apparante superbe , que l'on ne
peut endurer qu'il cesse du tout en escriuant, de
parler auantageusement de soy mesme, & de vouloir estre iuge en sa propre cause. Il aura le iugement des hommes plus fauorable , s'il peut tenir
en suspens, ou du moins s'il peut ne publier pas le
sien.